Cómo esconder un león

Helen Stephens

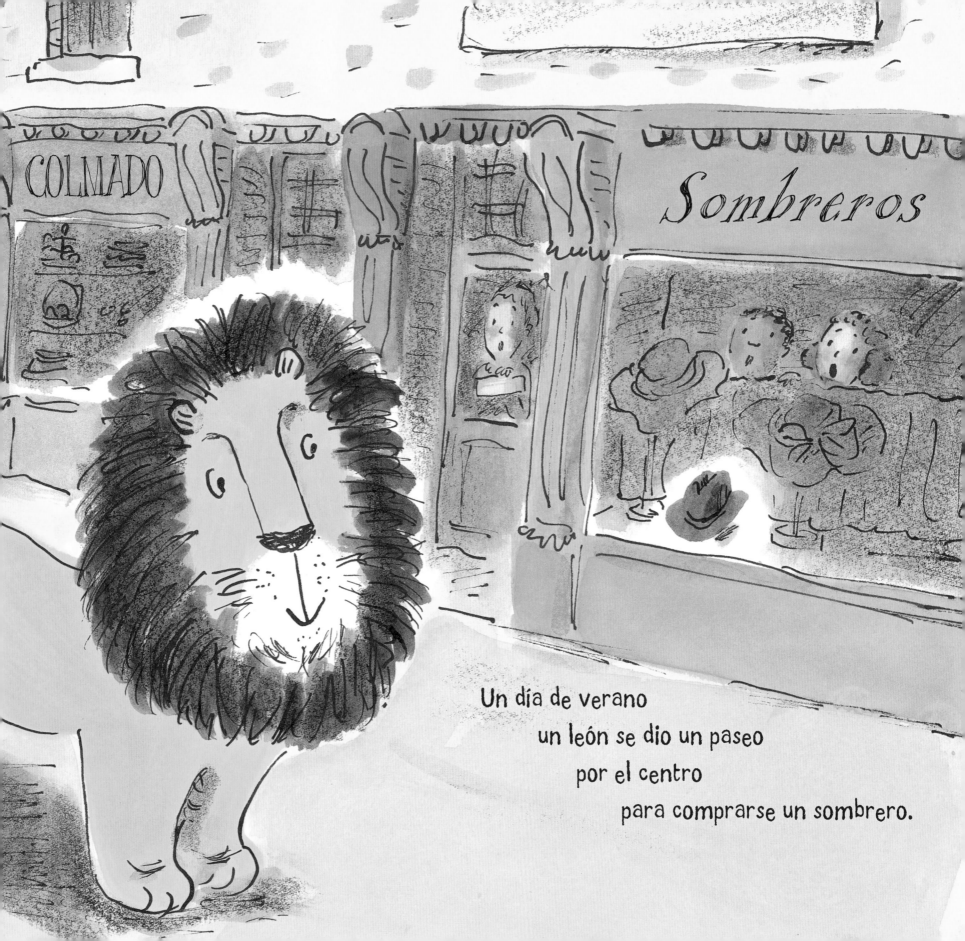

Un día de verano
un león se dio un paseo
por el centro
para comprarse un sombrero.

Pero como la gente del pueblo tenía miedo de los leones,

tuvo que escapar.

Corrió tan rápido y tan lejos como pudo,

y se escondió en una caseta de jardín. Era la casita de juguete
de una niña que se llamaba Iris.
—No puedes esconderte ahí —dijo Iris, que no tenía miedo de los
leones—. ¿No ves que no cabes?

Iris le dijo que entrara en casa y así
podría esconderlo bien. Procuraron no
hacer ruido, porque a veces las mamás
y los papás se extrañan si ven un león
rondando cerca.

El león dejó que Iris le acicalara la melena...

... y le enseñó un pincho que se le había clavado en una pata.
—Te pondré una tirita —dijo Iris.

No era nada fácil esconder al león,

porque era muy grande...

muy peludo...

y pesaba muchísimo, sobre
todo cuando estaba dormido.
¡Y los leones se pasan horas
enteras durmiendo!

Pero cuando no había nadie cerca
el león podía jugar con Iris.

Aunque habían de ser prudentes
y no armar mucho jaleo.

Un día el papá de Iris dijo:

—Aún no han encontrado a ese león.

—Seguro que es un león bueno —dijo Iris detrás del sofá.

—Los leones buenos no existen —contestó la mamá—. Todos son fieras que se comen a las niñas.

El león se preocupó mucho,
pero Iris lo consoló.

Luego le leyó su cuento favorito, sobre un tigre
al que le gustaba tomar el té. Y el león se quedó dormido
ahí en medio, porque los leones se pasan horas enteras
durmiendo.

Entonces las cosas empezaron a torcerse.

Iris oyó que su mamá subía las escaleras,

pero cuesta mucho
despertar a un león.

Aunque casi todos los leones se
despiertan cuando oyen el grito
de una mamá.

El león salió corriendo de la casa...

... y se escondió en un sitio desde donde podía ver a Iris
cuando la niña salía a pasear.

Nadie lo descubrió.

Ni la gente del pueblo, ni siquiera Iris.

Y aún menos los dos ladrones que entraron en el Ayuntamiento
para llevarse todos los candelabros del alcalde.

Pero el león sí los descubrió a ellos.

Soltó un gran rugido,

¡GROAR!

bajó del pedestal...

... e impidió que los dos ladrones escaparan mientras llegaba la policía.

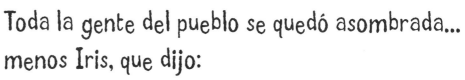

Toda la gente del pueblo se quedó asombrada...
menos Iris, que dijo:
—Ya os había dicho que era un león bueno.

¡Menuda sorpresa se llevaron!

El león pasó a ser un héroe, y ya no tuvo que esconderse más.
La gente del pueblo le hizo un desfile triunfal.
Y el alcalde le dijo que podía pedir el premio que quisiera.

El león se lo pensó un momento.
Y finalmente pidió...

... ¡un sombrero!

Que era justo lo que había ido a buscar al principio de todo.

—¡Te queda muy bien! —dijo Iris.

A los Martin.

Título original: *How to Hide a Lion*

Primera edición: septiembre de 2013
Segunda reimpresión: mayo de 2018

Publicado originalmente por Scholastic Ltd.

© 2012, Helen Stephens
© 2013, Penguin Random House Grupo Editorial, S. A. U.
Travessera de Gràcia, 47-49. 08021 Barcelona
Traducción: Roser Ruiz

Printed in Malaysia - Impreso en Malasia

ISBN: 978-84-488-5078-4
Depósito legal: B-2.929-2018

BE 5 0 7 8 4

Penguin
Random House
Grupo Editorial